FABLES

EN

QUATRAINS,

PAR

Henri Dottin.

> Les longs ouvrages me font peur.
> LA FONTAINE.

CHARLES GOSSELIN, LIBRAIRE,
RUE SAINT-GERMAIN-DES-PRÉS, 9.

1840.

FABLES

EN QUATRAINS.

OUVRAGES DU MÊME AUTEUR.

Cent et une Epigrammes de Martial, traduites en vers français, avec le texte en regard et des notes. Paris, 1838.

Les Noces de Thétis et de Pélée, poème de Catulle, traduit en vers français, suivi de poésies diverses, et précédé d'une notice sur Catulle, de M. de Pongerville, de l'Académie française. Paris, 1839.

Beauvais, Imp. d'Ach. DESJARDINS.

FABLES
EN QUATRAINS,

PAR

HENRI DOTTIN.

Les longs ouvrages me font peur.
LA FONTAINE.

Paris,
CHARLES GOSSELIN, LIBRAIRE,
RUE SAINT-GERMAIN-DES-PRÉS, 9.

1840.

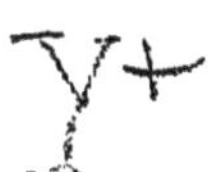

Que de riches auteurs roulent, de page en page,
De leurs mots orgueilleux le brillant équipage;
Moi qui, trop pauvre, n'ai qu'un bien modeste train,
Je loge mes pensers dans un étroit quatrain.

Livre premier.

FABLES EN QUATRAINS.

LIVRE PREMIER.

I.

LE PAPIER ET LA LOQUE.

Le papier se moquait de la loque fort sale
Qu'un valet insolent chassait hors d'une salle.
« Il te sied bien, ma foi, de me railler ainsi :
Ne te souvient-il plus que tu fus loque aussi? »

—

II.

LE CHAT ET LE RAT.

« Frères, disait un chat, croyez-moi, désormais
Des rats inoffensifs ne faisons plus nos mets. »
Un rat passe à l'instant, il le croque au passage.
Tel prêche la morale et n'en est pas plus sage.

—

III.

LE PLATANE ET LE SAULE PLEUREUR.

« Pourquoi laisser, mon cher, ton beau front se courber?
Dit le platane au saule, ô la sotte habitude! »
Mais le saule gardant sa modeste attitude,
Répond : « Sur les hauteurs la foudre aime à tomber. »

—

IV.

LE POISSON, LE VER ET L'HAMEÇON.

« Dieu! quel friand morceau! » s'écriait un poisson,
En voyant le long ver qui couvrait l'hameçon.
Il mord le ver, soudain sa lèvre est accrochée.
Souvent sous le plaisir une peine est cachée.

—

V.

LE CONSCRIT ET SON COMMANDANT.

Du combat un conscrit fuyait : son commandant
Le traite de poltron; mais soudain le jeune homme :
« Moi poltron, quel mensonge! oh! non, je suis prudent. »
Un avare jamais ne se dit qu'économe.

VI.

LE MALADE ET SON BATON.

Un malade sentant renaître sa souplesse,
Jette au feu le bâton qui soutint sa faiblesse.
Combien de députés, à peine réélus,
Sont envers l'électeur plus chiches de saluts.

VII.

LE VOYAGEUR ET SON CHIEN.

Un voyageur suivait la route, dans la plaine
Courait son jeune chien, en faisant mille tours :
Avant le voyageur le chien fut hors d'haleine.
Il faut savoir marcher vers le but, sans détours.

VIII.

LE PÉLERIN ET LE MIRAGE.

Pour atteindre au désert un séduisant mirage,
Un pélerin lassé marchait avec courage;
Le mirage toujours fuyait devant ses pas.
Ainsi l'homme au bonheur marche et ne l'atteint pas.

IX.

LE PÊCHEUR ET LA MER.

Un pêcheur sur le sein d'une tranquille mer
Sans crainte naviguait, quand un soudain orage
Sur son fragile esquif vint déployer sa rage.
Fuis ce qui, bien que doux, peut devenir amer.

X.

LE NOMBRE ET LE ZÉRO.

« Sans moi tu n'aurais pas de valeur sur la terre, »
Au zéro son voisin disait un numéro.
Que de gens ici-bas pour qui leur secrétaire
Fait l'office d'un nombre en avant d'un zéro.

XI.

LE ZÉRO RÉPONDANT AU NOMBRE.

« Oui, répond le zéro, quand avant toi je passe,
Je ne suis rien ; sur moi lorsque tu prends le pas,
J'ai beaucoup de crédit : n'en résulte-t-il pas
Qu'il faut que, pour valoir, chacun soit à sa place. »

XII.

LE CHIEN, L'AGNEAU ET LE LOUP.

Un chien dit à l'agneau : « Fuis, fuis, sans plus attendre,
Voici le loup. » L'agneau broute en paix l'herbe tendre,
Et le loup fond sur lui. Contre un mal à venir,
Tandis qu'il en est tems, sache te prémunir.

XIII.

LE BOIS, LA FLAMME ET LE SOUFFLET.

A la flamme le bois criait : « Miséricorde!
Que tu me fais souffrir en me brûlant ainsi. »
— « Mais, mon cher, au soufflet il faut te plaindre aussi,
Car coupable est celui qui souffle la discorde. »

XIV.

L'HIRONDELLE.

Une jeune hirondelle, au retour du printems,
Cherchait son ancien nid pendant à ma fenêtre.
Après avoir au loin, comme elle, erré long-tems,
L'homme revient toujours au toit qui le vit naître.

XV.

LE CHEVAL.

Certain cheval boiteux criait avec fierté :
« Une jument célèbre en ses flancs m'a porté. »
On voit encor des gens, par orgueil et faiblesse,
A défaut de mérite, étaler leur noblesse.

XVI.

L'OISEAU CAPTIF.

« Autrefois de la faim tu souffrais dans la plaine;
Ta cage maintenant de mets est toujours pleine,
Et pourtant, bel oiseau, tu n'as plus ta gaîté;
Que te manque-t-il donc, réponds? » — La liberté!

XVII.

LE PAPILLON ET LA CHANDELLE.

Un joli papillon voyant une chandelle,
Admirait son éclat, voltigeait autour d'elle :
Or, bientôt s'y brûla cette tête à l'évent.
De ce qui brille il faut se méfier souvent.

—

XVIII.

L'AVOCAT.

Un avocat courait au palais, haletant :
Sans doute pour plaider une importante affaire ;
Non, car c'était Motus, l'avocat consultant.
Tel qui fait l'empressé n'a souvent rien à faire.

—

XIX.

LE TRAVAIL, L'OISIVETÉ ET LA RAISON.

De son pénible sort le travail gémissait,
Et dame oisiveté dans l'ennui languissait ;
« Mes chers enfans, leur dit la raison, il me semble
Qu'il faut, pour vivre heureux, que vous viviez ensemble. »

—

XX.

LA VERTU, L'HONNEUR ET LE CRIME.

L'honneur et la vertu voyageant sur la terre,
Rencontrèrent le crime en un bois solitaire :
Or, la vertu du crime ayant serré la main,
Seul ensuite l'honneur poursuivit son chemin.

Livre deuxième.

LIVRE DEUXIÈME.

I.

LES DEUX LIVRES.

Un livre à tranches d'or, vêtu de maroquin,
Rougissait de se voir près d'un sale bouquin :
Qu'était notre élégant? un roman éphémère ;
Et son voisin poudreux? l'Iliade d'Homère!

—

II.

L'ARAIGNÉE ET LE VER A SOIE.

Au ver, dame Arachné dit : « Je ne te vaux pas;
Dans notre art de filer, je ne suis qu'une élève. »
— « Oh! non, répond le ver, je te cède le pas. »
Tel s'abaisse souvent, pour qu'un autre l'élève.

—

III.

L'ESQUIF.

Sur le dos de la vague un esquif jusqu'aux cieux
S'élance avec orgueil, mais bientôt il retombe;
Sous lui la mer s'entr'ouvre, et la mer est sa tombe.
Le flot est la faveur, l'esquif l'ambitieux.

—

IV.

LA ROSE ARTIFICIELLE.

La rose, enfant de l'art, dit d'un air de grandeur :
« Vraiment on me croirait la rose naturelle. »
— « Oh! non, n'espère pas qu'on te prenne pour elle,
Lui répondit quelqu'un, tu n'as pas son odeur. »

—

V.

LA SOTTISE.

Dans une académie un jour se présenta
La sottise : tu crois qu'elle y fut importune;
Détrompe-toi, lecteur, pour membre on l'adopta
Sur un certificat signé par la fortune.

VI.

LE MENDIANT, L'ENFANT ET SON PÈRE.

Au pauvre qui lui dit : « C'est en vous que j'espère ; »
Un jeune enfant répond : « Vous reviendrez plus tard. »
— « Non, non, donne à l'instant, réplique alors son père.
C'est obliger deux fois qu'obliger sans retard. »

VII.

LE SECRET ET L'ÉCHO.

L'Écho fut d'un secret rendu dépositaire,
Et bientôt le bavard l'ébruita sur la terre.
Désires-tu qu'un autre observe ton secret,
Il faut savoir d'abord toi-même être discret.

VIII.

LE TYRAN ET LES DEUX ASSASSINS.

Sur un tyran un homme avait levé son glaive,
On le pend. Ce tyran plus tard tombe abattu
Par un autre assassin qu'aux honneurs on élève.
Le succès bien souvent change un crime en vertu.

—

IX.

L'APPÉTIT, LA SOBRIÉTÉ, L'ESTOMAC ET LA SANTÉ.

L'APPÉTIT, las enfin de vivre solitaire,
Pour femme prit un jour dame sobriété;
L'estomac fit, dit-on, l'office de notaire :
Ce fut de cet hymen que naquit la santé.

—

X.

LA ROSE ET LE SOLEIL.

A l'ombre d'un berceau la rose à peine née,
Voulut enfin du ciel contempler la clarté ;
Soudain elle tomba, par le soleil fanée.
Heureux qui vit content de son obscurité.

—

XI.

L'IVROGNE ET LA BOUTEILLE VIDE.

UN ivrogne à l'œil terne, à la face livide,
Sur le pavé brisait une bouteille vide.
« Mon crime, quel est-il? » demandait-elle en vain.
Son crime, hélas! c'était de n'avoir plus de vin.

XII.

LA ROBE ET LE SOLEIL.

Une robe était rouge : au soleil on l'étale,
Et sur elle s'étend une douce pâleur.
Aux rayons bienfaisans de la faveur royale,
Combien d'hommes d'état ont changé de couleur.

XIII.

L'OISELEUR ET LE BOUVREUIL.

Un perfide oiseleur, dans un bois se cachant,
Imite du bouvreuil la voix; par son doux chant
L'oiselet attiré, dans les filets s'engage.
Le méchant, pour tromper, des bons prend le langage.

XIV.

LES DEUX VOLEURS ET LE CHEVAL.

« Moi, je veux le cheval. » — « Non, j'en fais mon affaire. »
S'écriaient deux voleurs : soudain comme le vent
Part le fougueux coursier; c'est ainsi que souvent
L'occasion s'enfuit tandis qu'on délibère.

XV.

LE SINGE ET L'OURS.

Le singe dit à l'ours : « Le destin à ta race
D'un petit bout de queue à peine a-t-il fait grâce. »
— « Ma queue est, répond l'ours, plus longue qu'il ne fau
Nous ne voulons jamais convenir d'un défaut.

XVI.

LA VOITURE A VAPEUR ET LA CHARRETTE.

La voiture à vapeur prompte comme l'éclair,
Riait du pas pesant d'une lente charrette;
Mais la folle plus loin se brise, éclate en l'air.
Préfère aller moins vite et que rien ne t'arrête.

XVII.

LE RENARD ET LE CHIEN.

« Ah! monseigneur, voyez les pleurs de l'innocence! »
Dit le renard au chien qui, du titre enchanté,
Laisse fuir le renard plein de reconnaissance.
Que de gens généreux par pure vanité.

—

XVIII.

LA FEMME BAVARDE ET SON MARI.

Un mari s'écriait : « Qu'enfin ton caquetage
Cesse, femme, ou sinon je saurai me fâcher. »
Sa femme, nuit et jour, babilla davantage:
Souffre en paix ce qu'en vain tu voudrais empêcher.

—

XIX.

LES FLEUVES ET L'OCÉAN.

A l'immense Océan les fleuves de la terre
Se plaignaient de porter leur onde tributaire.
Hélas! de notre sort leur sort nous avertit :
La mort est l'Océan où l'homme s'engloutit.

—

XX.

LE CHIEN DU CHARBONNIER.

Par hasard j'admirai la blancheur d'un caniche
Qui, chez un charbonnier, dormait dans une niche;
Plus tard je le revis tout sale et noir : ainsi
Au contact des méchans l'innocent est noirci.

Livre troisième.

LIVRE TROISIÈME.

I.

LE MENTON ET LE RASOIR.

Le menton au rasoir : — « Tu m'écorches, mon cher. »
— « C'est pour couper ce poil. » Lecteur, que vous en semble ?
Maint avoué, je crois, à ce rasoir ressemble ;
Pour enlever un poil il enlève la chair.

II.

LE PAON ET LE ROSSIGNOL.

Tandis que seul un paon admirait son plumage,
Du rossignol la foule, avec avidité,
Dans un bois écoutait l'harmonieux ramage.
Les talens valent mieux cent fois que la beauté.

III.

LE LION ET LE RENARD.

Un renard voit un bœuf qu'un lion étranglait.
« En vérité, dit-il, c'est par pure bêtise,
Que j'ai scrupule, moi, de croquer ce poulet. »
Des actions des grands le petit s'autorise.

IV.

LES CHEVEUX ET LE PEIGNE.

Au peigne les cheveux criaient : « Pour quel forfait,
Cruel, nous poursuis-tu de ta dent importune? »
— « De votre peu de soin ce malheur est l'effet. »
Bien souvent le désordre amène l'infortune.

V.

L'ENFANT ET LE BALLON.

Un enfant qui lançait son ballon dans la plaine,
Voulut savoir de quoi la vessie était pleine ;
Il la crève aussitôt : qu'y trouve-t-il? du vent.
Ce ballon gonflé d'air ressemble au faux savant.

—

VI.

LA PLUME DE FER ET LA PLUME D'OIE.

Plume de fer, un jour, disait à plume d'oie :
« Comment donc se fait-il que l'homme me rudoie,
Tandis qu'avec douceur je le vois te choyer? »
— « En voici la raison : Tu ne sais pas ployer. »

—

VII.

LE LOUP ET L'AGNEAU MALADE.

Un jeune agneau souffrait : « Bois cette eau salutaire, »
Lui dit un loup. Alors l'agneau se désaltère
Et du poison soudain il ressent les effets.
Sache d'un ennemi redouter les bienfaits.

—

VIII.

LE RAT SANS QUEUE.

Un rat coupa sa queue, à son dire, incommode,
Et bientôt chaque rat se la fit arracher.
L'on verrait nos dandys sur un seul pied marcher,
Si marcher sur un pied devenait à la mode.

IX.

LE VIEILLARD ET LA MORT.

Un vieillard s'écriait : « Viens, je t'appelle, ô mort !
Pour guide j'eus l'honneur, je mourrai sans remord. »
Mais la mort lui répond : « Réprime cette envie :
Qui m'implore, vieillard, fait accuser sa vie. »

X.

LES DEUX GRAPPES DE RAISIN.

Côte à côte logeaient deux grappes de raisin,
L'une aux grains frais et verts, l'autre toute gâtée :
La grappe aux grains si beaux fut bientôt infectée.
Rien n'est à redouter comme un méchant voisin.

XI.

LES DEUX PERROQUETS.

Un jeune perroquet et nuit et jour jasait,
Riant de son voisin qui jamais ne causait.
Or, son muet voisin savait que, sur la terre,
Aux leçons du malheur on apprend à se taire.

—

XII.

LE MALADE ET SON MÉDECIN.

« De mes biens, cher docteur, vous serez légataire,
Aussi de vous j'exige un dévoûment entier. »
Le donateur dormait trois jours après sous terre.
Jamais d'un médecin ne fais ton héritier.

—

XIII.

L'ENFANT ET LE POMMIER.

Un enfant rencontra sur le bord du chemin,
Un superbe pommier; pour lui quel jour de fête!
Plus tard il y revint, la récolte était faite.
Le bonheur promet-il d'avoir un lendemain?

—

XIV.

LE CHIEN.

Un chien, en gémissant sur son dur esclavage,
Se disait : « Que ne puis-je, hélas! courir les champs,
Comme ce loup cruel qui porte le ravage. »
Les bons souffrent de voir l'heureux sort des méchans.

—

XV.

LE PHILANTHROPE.

« Tout pauvre à notre aumône est en droit de s'attendre,
Criait un philanthrope. Un pauvre vient lui tendre
La main, plein d'espérance en son brillant renom.
Notre homme généreux le secourut-il? — Non.

—

XVI.

LE BLANC, LE BLEU ET LE ROUGE.

Le blanc disait : « Mon dieu! que le bleu me déplaît. »
Le bleu de son côté trouvait le blanc fort laid;
Le rouge se moquait de tous les deux ensemble.
Jamais nous n'admirons que ce qui nous ressemble.

—

XVII.

L'AUTEUR ET LE CRITIQUE.

« Mon drame vous plaît-il? Je crois devoir attendre
De vous un avis franc. » — « Je l'ai fort peu goûté. »
Notre auteur mécontent s'enfuit. La vérité!
Chacun veut la savoir et tremble de l'entendre.

XVIII.

LE CHAT ET LE CHIEN.

Un chat du fond d'un puits appelait au secours :
Passe un chien qui d'abord entame un long discours,
Tandis que notre chat criait : « Miséricorde !
Qu'ai-je besoin de mots, vite, vite, une corde ! »

XIX.

LA PERRUCHE ET LE ROSSIGNOL.

La perruche disait du rossignol : « Vraiment,
S'il chante mal, du moins son plumage est charmant. »
D'elle le rossignol disait : « Que son ramage
Est donc délicieux, mais quel affreux plumage ! »

XX.

L'OURS ET LE LOUP.

Depuis long-tems le loup et l'ours sans cesse en guerre,
Se rencontrent un jour. « Va, je ne t'en veux guère,
Embrassons-nous, » dit l'ours, d'un ton attendrissant.
Or notre ours étouffa le loup en l'embrassant.

Livre quatrième.

LIVRE QUATRIÈME.

I.

LE DOGUE.

« Si j'étais chat, disait un dogue à l'air sinistre,
Je ne serais jamais voleur assurément. »
Devenu chat, il fut et voleur et gourmand.
J'entends crier partout : Oh! si j'étais ministre!

—

II.

LE CHAT.

Certain chat, bon enfant, trouvant un frais laitage,
Se dit : — « Le happer, seul, serait d'un vrai glouton ; »
Et, joyeux, au régal il invite raton.
Il n'est de doux plaisirs que ceux que l'on partage.

III.

L'ÉTINCELLE ET LE BARIL DE POUDRE.

Une étincelle tombe en un baril de poudre
Qui, prenant feu soudain, tonne comme la foudre,
Eclate; autour de lui, dieu! quel ravage il fait!
Souvent petite cause a produit grand effet.

IV.

LE MARIN.

Sur le bord de la mer jeté par un orage,
Un marin se plaisait à contempler la rage
Des flots, en mugissant, vers le ciel élancés.
Doux est le souvenir des maux qui sont passés.

V.

L'ÉPAGNEUL.

Un épagneul chassé par sa riche maîtresse,
Ne trouvait nul ami sensible à sa détresse;
Pourquoi? C'est qu'il avait, dans le malheur, compté
Sur ceux qu'il dédaigna dans sa prospérité.

VI.

LE PROSPECTUS.

« Cent pour cent à gagner ! quelle excellente affaire ! »
Criait un prospectus. Or, chaque actionnaire
Perdit son capital. Bien des gens, de nos jours,
Sans espoir de tenir, nous promettent toujours.

VII.

LE CHAT ET LA SOURIS.

Par hasard dans un piège un chat est pris : soudain
Gente souris de lui s'approche, et d'un air grave :
« En champ clos je t'attends, viens donc, viens donc, gredin ! »
N'est-il point de danger ? Le poltron fait le brave.

VIII.

LA ROSE ET L'ARROSOIR.

Souvent de l'arrosoir parlait mal une rose :
Je l'entends, certain jour, avec étonnement,
Le louer. — Jardinier, pourquoi ce changement ?
— Pourquoi ? C'est que madame a besoin qu'on l'arrose.

IX.

L'ENFANT, SA MÈRE ET L'ORANGE.

Un enfant s'écriait : « Vois donc ce beau fruit d'or,
Maman, quel est son nom ?— « Orange, » dit sa mère.
« Comme lui, mon enfant, ajoute-t-elle encor,
L'étude est un fruit doux sous une écorce amère. »

X.

LE SINGE ET LE MIROIR.

Un singe se croyant joli, par aventure
Regarde en un miroir, et comme il s'y voit laid,
Il le brise soudain. Notre ami nous déplaît
Dès qu'il ose nous dire une vérité dure.

XI.

L'ANE ÉLOQUENT.

Un âne allait pour meurtre être décapité,
Quand par un beau discours prouvant son innocence,
Aux juges il apprend que la nécessité
Fut toujours le meilleur des maîtres d'éloquence.

—

XII.

LE POÈTE ET L'HISTORIEN.

« J'ai lu tes derniers vers, tudieu, c'est admirable !
A grands pas ton nom marche à l'immortalité. »
— « Moi, j'ai lu ton histoire, oh ! sublime ! adorable ! »
On ne flatte qu'afin d'être à son tour flatté.

—

XIII.

LE JEUNE RAT.

« Selon papa, ce lard est un appât trompeur,
Disait un jeune rat, c'est un sot, il a peur,
Mordons. » Il mord, est pris, pleure et se désespère.
Quel enfant ne se croit plus sage que son père.

—

XIV.

LE JUGE ET L'HUISSIER.

Un juge s'endormait, quand, en criant silence,
L'huissier s'en vient troubler sa douce somnolence.
Notre juge bourru le chasse, l'huissier sort,
Disant : « Il ne faut pas éveiller chat qui dort. »

XV.

LA GOUTTE DE SUCCIN ET LE MOUCHERON.

Par hasard de succin une goutte tomba
Sur un vil moucheron, et soudain l'engloba.
Il devint perle : ainsi la fortune inconstante
Fait d'une vie obscure une vie éclatante.

XVI.

LES DEUX CHIENS.

« Au même rang que moi, disait le beau Médor,
Vil chien de mendiant, oses-tu bien te mettre? »
— « Comme moi n'es-tu pas sous la verge d'un maître?
Qu'importe qu'un collier soit fait de cuivre ou d'or. »

XVII.

L'ENFANT, SON PÈRE ET LE PIN.

En lui montrant un pin dont le feuillage vert
Sans cesse avait bravé les fureurs de l'hiver,
Un père à son fils dit : « Ainsi, dans notre vie,
La vertu sait toujours triompher de l'envie. »

XVIII.

LE COQ D'INDE.

Sous un long manteau noir où son rabat glissait,
Un coq d'Inde à pas lents et comptés s'avançait :
D'un professeur de droit il avait l'apparence.
L'air grave sert souvent de masque à l'ignorance.

XIX.

LE ROI.

« A quoi bon me forger des craintes éternelles,
Dit un roi, n'ai-je pas de bonnes sentinelles? »
De craindre encor pourtant il aurait eu raison :
C'est dans les coupes d'or que se boit le poison.

XX.

LE SOLEIL ET LE NUAGE.

Un nuage criait : « Dans quelle obscurité
Je te plonge, ô soleil, en te voilant la face! »
Mais bientôt un rayon le dissipe et l'efface.
L'erreur voudrait en vain ternir la vérité.

TABLE.

LIVRE PREMIER.

LIVRE DEUXIÈME.

LIVRE TROISIÈME.

LIVRE QUATRIÈME.

www.ingramcontent.com/pod-product-compliance
Ingram Content Group UK Ltd.
Pitfield, Milton Keynes, MK11 3LW, UK
UKHW020957220726
13924UKWH00002B/741